环形火焰

欧洲诗人诗选

[塞] 德拉根·德拉格伊洛维奇　等著

吴欣蔚　译

作家出版社

目 录

1

德拉根·德拉格伊洛维奇

序 一

事物因此现身

雷平阳

  云南山中的毕摩，往来于人鬼神之间。他们的营生神圣、神秘、多向度但又只呈现出单一的一面：沟通人与鬼神之间的种种诉求，把人推荐给神灵或将鬼魂带走的人带回人世，同时向人通报鬼神世界的诸多信息，平息是非，让不同的语言形成一种声音，并让这一种声音趋于完美继而达成三界的互相体认与和解。因为这种声音的存在，光可以照入黑暗，而黑暗里的事物也因此现身。

  对我而言，将一种语言准确地转换成另一种语言，将不为人知的各种思想与智慧引渡到人们的视野中来，翻译者所做的工作就类似于毕摩。除了有限的使用母语，对其他语言我是一无所知的，那些隐身于"黑暗"的、一个个伟大的灵魂，用各种语言书写的伟大诗篇，如果没有翻译者作为中介，我将永远领受不到它们的"神迹"。开瑞·哈蒂、维西纳·帕伦、达流士·托马斯·勒布奥达、弗拉吉米尔·科什瓦内克、卡雷斯·沃丁斯、布兰科·塞科斯基、特拉扬·彼得洛夫斯基、德拉根·德拉格伊洛维奇这样一些属于英语的、波兰语的、斯拉夫语的歌者，没有了欣蔚的翻译，我肯定不能通过语言去认识他们，他们是不存在的，他们犹如冰川之下的悬崖，我永远不可能看到他们的身影并聆听他们的歌吟。诗歌翻译有一个现象，多数翻译者均注目于那些悬空的烈日、皓月和北斗，不同的译本争奇斗艳，光华灼灼，但"繁星"

总是被忽略，继续存在于暗处。欣蔚无疑对狄兰、米沃什、布罗茨基和特朗斯特罗姆等汉语世界中封神的人物也有深入的研究，但她给我们带来的是八位陌生的黑衣人，不速之客。至少对我而言，这八位诗人在汉语里是第一次遇上。达流士·托马斯·勒布奥达的《中央公园的石头》一诗开篇是这么写的：

> 我从中央公园带回一捧石头
> 它们在美国已百万年
> 只为了等待
> 我的手

　　他们的诗歌在英语系中，我相信一定拥有众多的读者，因为他们的诗歌品质足以证明他们非常优秀。仿佛他们也是"美国中央公园"的石头，一直在等待欣蔚握笔的手。

　　"又是准备迎接黑暗的时候了／夜空被繁星撕成无数的碎片"，开瑞·哈蒂在《冬天的心》一诗中如此写道。"我是第一位来自人间的客人／发现了这美的发源地"，特拉扬·彼得洛夫斯基在其《旅程》中也如是说，两个人的诗句均在开显由一个空间转入另一个空间时诗人奇观似的发现，他们的发现与我在阅读他们的诗作时的发现性质相同。语言撕碎夜空，诗歌之美让我看到了八座诗歌的发源地。隐匿、无声、阔远，他们的存在因语言的隔绝趋于虚无，又因语言的沟通而光芒四射。尤其让人欣喜的是，欣蔚的译诗情绪节制、语言结实、表意清晰，没有"翻译体"惯常的腔调和人为的玄虚，如清流，如明镜，可以渴饮，可以鉴人。

　　期待欣蔚给我们带来更多的陌生诗人，掀起语言夜幕的一角，让繁星闪耀于汉语之中。

2018.11　昆明

序 二

特殊的认知装置或灵魂伙伴

霍俊明

　　此次青年翻译家吴欣蔚又凭借一人之力翻译了开瑞·哈蒂（爱尔兰）、维西纳·帕伦（克罗地亚）、达流士·托马斯·勒布奥达（波兰）、弗拉吉米尔·科什瓦内克（捷克）、卡雷斯·沃丁斯（拉脱维亚）、布兰科·塞科斯基（马其顿）、特拉扬·彼得洛夫斯基（马其顿）、德拉根·德拉格伊洛维奇（塞尔维亚）等八位诗人（主要集中于东欧国家）的代表性诗作，这些诗人以及他们的文本则一起形成了特殊的认知装置。这不仅为我们理解这些诗人的精神肖像和文本样貌提供了具体参照，而且对于了解波兰、捷克、克罗地亚、拉脱维亚、塞尔维亚、马其顿等东欧国家和地区的当代诗人写作的文化背景、诗歌谱系以及时代征候也大有裨益。对于上个世纪的东欧国家的一些城市而言，对于生活和工作于这里的诗人和作家而言，似乎很多都有着极其深刻的个人记忆。尤其是多年来当欧美诗歌文化成为主流传播和主导性译介的时候，吴欣蔚翻译的这八位诗人则唤醒了多元的语言文化、区域文化和族裔文化背景下容易被忽视和遮蔽的那一部分。确实，从文化和诗歌的"影响的焦虑"以及"影响的剖析"来看，我们看到更多的是主流文化的主导性影响，而一再忽视了其他空间的诗歌传统、民族文化在当代的写作事实。尽管吴欣蔚提供给我们的只是冰山之一角，但是这背后所携带的文化含量、诗歌特质、精神载力和思想能力足以让我们在此刻和今后保持足够的关注。

诗歌译介也许是所有门类中最难的，不仅在于其语言难度而且在于诗歌作为一种高浓缩的有机体所蕴含的各种特殊的知识以及更为特殊的表达方式和修辞技艺。而在阅读这八位诗人文本的时候，我并未感受到过多的障碍和隔膜之处，这显示了吴欣蔚非常优秀的语言能力和非常高的译介水平。而就这八位诗人的诗歌而言，他们（身份、代际和写作经验上的差别都很大）也提供了各自特异的创作才能，对于在"同时代性"（阿甘本）互文语境下理解所谓的"世界诗歌""地方诗歌"提供了不同的通道和缝隙以及可能，当然也有外国诗人对中国的想象（比如开瑞·哈蒂的《你寄来的中国诗》），而这正是这本译诗集的重要之所在。

由于所译诗人的诗作数量上的限制，我只能约略谈谈阅读这八位诗人的感受。

开瑞·哈蒂的诗歌提供的仍然是日常生活之流中的经验，提出的是"如何活在当下"以及如何在当下面向未来以及过去进行写作的问题。这一问题在她这里是格外具体的，生命感知在时间流逝、季节转换、身体变化、生命消陨以及日常景物和场景中得到不断地激活和重现。日常经验和冥想能力在已知和未知、实有和虚无、具体的和抽象、可见和不可见的不断掂量中生发出疑问，诗人凝视的正是那些幽暗中的纹理，"我或许知道／如何活在当下／但我更想知道／睁开眼睛，摊开掌心，／要怎样度过余生"（《还剩下什么》）。

而维西纳·帕伦的诗更为精敏和内敛，赋形、变形和冥想在她这里成为重要的话语方式。这也是一种深度的个人经验在岁月余光中的反刍和磨砺，是个人的夜歌。维西纳·帕伦在她那些带有"元诗"意味的文本中对语言和经验进行了双重的叩访和诘问，"我跨过又一个灵感的深渊／从时间的一边到另一边／那里，生而为人就是不要来到这个世界／那里，来到这个世界并不意味着至死方休"（《我是拿着弹弓的男孩，我是一只鸟》）。

达流士·托马斯·勒布奥达由于更为复杂的人生经验和写作经验而为我们提供了更为精深而开阔的诗歌景观。就如《中央公园的石头》那样，诗人从精神对位法出发在那些物象上投注了尽可能多的个人观照，进而呈现出个人化的历史想象力、情感经验与现实空间之间更为复杂的对话关系。燃烧、锻造、淬火、冷凝，这正如达流士·托马斯·勒布奥达的时间法则和写诗过程。由于出行和游走的关系，达流士·托马斯·勒布奥达也给我们提供了流动的世界景观和后现代性的时间体验。

弗拉吉米尔·科什瓦内克的诗歌景观更为冷彻和深刻，语言色彩也多为冷凝调性的沉暗，但是他的诗歌仍能由此发出微光般的慰藉。这不能不让人想到波兰"新浪潮"诗歌的代表人物亚当·扎加耶夫斯基的诗句"尝试赞美这残缺的诗句"，这样的诗歌话语方式和精神方式显然要更为艰难。

出生于1979年的拉脱维亚诗人卡雷斯·沃丁斯则在《画一样》等诗歌中提供了令人印象深刻的精神肖像。这是精神、性格、文化环境和个体命运遭际使然，而具有重要性的写作者都会在文字累积中逐渐形成"精神肖像"。

布兰科·塞科斯基的诗歌方式则更为直接和精练，这也显示出诗人在长时间写作中形成的诗歌能力和语言经验，而沉静的光和不安的阴影一起交织在他的诗歌中。

特拉扬·彼得洛夫斯基的诗歌因为明显的象征意味和超验色彩而更为深沉而开阔，他诗歌的精神背景和文化根性尤其是宗教意识也非常突出。在那些精神自我以及智性的诗歌视线中向上的力量在牵引着我们，其中既有肯定也有疑问，既有上升也有沉坠。精神层面的升阶书的完成是更为艰难的，这一切都必然要回落到生命本体（包括人性、命运、死亡等）和存在哲学的原点上来，"在我生命的所有秘密中／只有一个我不会告诉任何人／我将会像投掷铁饼一样将它扔到湖的深处／让它在那深远的地方融化、繁衍／幻化成睡莲"(《秘密》)。

德拉根·德拉格伊洛维奇显然在诗歌中担任了一个智者的形象,无论是十行之内简短的诗歌形式还是经由经验、阅历而得出的总结和启示性的诗句都印证了这一点。与此同时,他也是一个凝视者、倾听者和祈求者(祈祷者),这是已知与未知较量过程中所激发的愿景式话语方式——既关乎个人又指涉存在。联想到当年美国诗人罗伯特·潘·沃伦的《世事沧桑话鸣鸟》,在德拉根·德拉格伊洛维奇诗中我听到了另一种隐秘不察而又惊人灵魂的声响,"莫名的鸟／在花叶中穿行／没有歌声／只有尖利的摩擦在沉静中回荡"(《红山之鸟》)。

通过以上风格殊异的八位诗人,吴欣蔚为我们找到了个人化的标志性文本,它们更像是一个个神经元,能够让我们围绕一个个刺激点来谈谈诗人的个人经验、语言能力、诗歌的结构和层次、区域空间的结构以及个人化的历史想象力。在一定程度上,这八位诗人也是我们精神层面的命运伙伴和灵魂密友。对于阅读来说,就是一个灵魂与另一个灵魂的相遇,是灵魂的彼此寻找和相互慰藉的过程,由此,时空就可以通过精神对话而跨越无碍了。这正源于深层的心理结构和精神命运的共鸣与亲近。此刻,我想到的是里尔克的诗句:"我怎能制止我的灵魂,让它／不向你的灵魂接触?我怎能让它／越过你向着其他的事物?"

2018 年 11 月 5 日

开瑞·哈蒂

　　1951 年出生于爱尔兰。1969 年至 1972 年在纽约大学学习，获英语文学学士学位。已出版七部诗集，如《愤怒的地方》《为热心肠而呼喊》《天不会塌下来》等。合著多达三十部。2000 年出版了她的第一部小说《冬天的婚礼》，在美、英等国热销。第二部小说《纽约的小布朗》于 2005 年出版。开瑞·哈蒂多次获诗歌奖，如 1995 年的"汉尼塞诗歌奖"和 1996 年的"国家诗歌奖"。另外，她还两次获得"劳动妇女国家诗歌奖"，并因其出色的诗歌创作荣获 2004 年澳大利亚"悬念句子文学奖"。

冬天的心

又是冬季
季节的更迭令我欣喜
如同我此时变幻着的心

看那十一月的树啊
它的叶子凋零了
树将它颤抖的双手伸向天空

冰结之后会融化
而融后的水流
又会变得冰冷
落叶随着流水而去
秋天走了
鸟儿又会在冬天的尽头唱春归来

又是准备迎接黑暗的时候了
夜空被繁星撕成无数的碎片
风，呼啸着
穿过坚固的堡垒
却熄灭不了堡垒中熊熊的火焰

父亲离去了

天并没塌下来

它还在那
满天的乌鸦像块块补丁
穿梭在短暂的一月和二月
日子悄无声息地到了三月
潮湿的天气里，绿草丛生
椋鸟及鸫鸟像杨树的果实一样兀立在光秃的树枝上

世界是上帝的躯体
而我们
你、我、他包括椋鸟和鸫鸟——
我们都被埋葬在这里
泥土封住了我们的嘴
可我们的灵魂
却在歌唱着

还剩下什么

我曾经等待花开，
安放快乐。
现在，我欣赏绽放前的美好。
繁茂的毛地黄、紫草、飞燕
肥硕的叶子层层伸展
日渐轻盈光彩。
花粉鲜亮
像书店里高挑女孩儿的眼影
在白色眼睑细碎闪烁

沥干的衣物在绳子上摇摆，麻雀
在周围的干草中撕扯。
也许这就是中年。凌乱，没有尽头，
无休无止，
喜欢植物强劲的生命力——
坐在杂草中
书写，观望，
看着绳子上摇摆的衬衫，
和透过衣料的光。

我或许知道

如何活在当下
但我更想知道
睁开眼睛，摊开掌心，
要怎样度过余生；
我想在雨中站在门边，
听着，嗅着，张大嘴巴。
恐惧着，欢笑着，
就像一个上帝面前的白痴。

桦 树

一棵小树
叶子青翠金黄
孤独地站在
牧场中央

我坐在
被露水浸润的草地
望着薄纸般的树叶
松开
跌落

你寄来的中国诗

——献给希内

读完你在中国旅行时写的诗
我便去楼上的旧箱子里
取出那条橘黄色的丝巾

丝巾
坚硬而不再光滑
它只是它自己
没有任何装饰
它那淡淡的霉味
散发在空气中
赋予黄色以高贵的品质

我不知道为什么会产生这种想法
你的中国之行
像面前的丝巾一样在我面前铺展开
我想象着中国的古人与现代人
会在越来越繁华的市场相遇
进行他们跨越时空的交谈

你知道
我们眼中的世界是那么的小

但同时它又是那么的广阔和可怕
我无法抓住它
只能跪在这里
注视着面前如道路一样的黄丝巾
良久地轻抚它
这轻抚
就是对一条通往中国道路的渴望

日子尽头

我们安静地期待着夜晚的来临
我们同时也在等待着自己
在白昼与黑夜之间

生活进入房间里，成为了它自己
但我们却总把它遗忘在角落

这是我们抛弃自我的最佳时机
我们至少可以感到
灵魂离去后躯体的沉重

我们渴望灵魂的自由
却又负担不起
这时总会有人起身
点燃一盏明灯

肉 体

坐在门口
十月的阳光里
嘴里塞满
甜椒洋葱番茄
和被橄榄油浸泡的过期面包——

空气欢欣洁净
是番茄的红色味道
洋葱尖利地咬
甜椒猩红地响脆——

身体
苏醒过来
思忖着

也许
除了疾病还有更好的生活
还有身体渴求的遗忘
和精神游离的饥饿

也许肉体属于世界
曾窥见一斑
甚至可能
再一次记起

甜蜜
没有苦痛

十 月

蝴蝶停靠在墙壁与窗台之上
张开双翅静静地死去

杨树在风中发出流水般的声响
木质风铃奏出阵阵和弦
翻转的树叶在暴风雪中发出微光

变了，全部都变了
沉浸在黑暗中
只见　那河水奔腾闪烁地涌入大海

岁月流金

当他们唤我的名字
我走向他们
并张开双手
我被引领着
就像童年时他们牵着我的手

父亲叫着我的乳名
指给我看我儿时熟悉的风景
母亲也唤着我的乳名
让我等一等她
我的乳名啊
就是父母心中永远的风景

又

春天来得彻底
像清晨
鸽子圆滚滚的叫声

三月被白屈菜装点
花穗
垂落在金黄的雨中

光秃秃的树林里
棕啤色的池塘
像野兔一样
伸展
在洁净的光亮里

维西纳·帕伦

　　克罗地亚诗人，文学翻译家、画家，精通德语、保加利亚语和法语。她从少年时代开始诗歌创作，十岁在文学期刊发表第一首诗歌《春》。此后的六十余年，她一直致力于诗歌创作，并尝试短篇小说和剧本创作，曾获多个文学奖项。

鹅卵石

我没有跟随那消逝在午夜的涟漪，
颤抖的画面无法将我再次爱抚。
所有色彩中，我只注意到一种，
黄铜，像一张溺死的男人的脸。

所有声音里，
绿草唤醒太阳的歌声中，
我的听觉就像水族馆里的白色鱼儿
只捕获那最悲惨的一个。

安静，我的耳朵！蜷起一会。
某人的脚已悄悄占领了所有角落
像反叛者一样。

最坏的时刻已在鸟儿的瞳孔中潜伏。
如同荒废的磨坊里，
听不到，
欢快的鹅卵石。

若非你的目光
——致爱德南

若非你的目光，
玫瑰不会在暮色中萌芽，
我或许会与乌鸦为伴
如乞丐一般浪迹天涯。

我如水晶已历经磨炼，
透过回荡的虚无发出微光，
汲取自令你消失不见的
通往某处迟来风景的月光。

醒来意味着坠入冰冷的深渊，
一段地狱之旅，
若非你那遥远的目光。

若非你那遥远的目光
闪烁如秘密灯塔，
矗立在我的坟墓栖居的悬崖。

夜的生机

威猛的鸟儿，是谁将你唤醒
而你又用面纱使我清醒。
如你不在，黑暗将用洁白的帆
包裹住我的脉搏。

我踏上，黎明时分
明亮而清新的草地，
挥舞手臂，向嫩枝
向穿过草地的生命体

我诗中的燕鸥
在喷泉中轻跳
此时，你在何处？

孤寂的夜里，那棵干旱的树
正在路上无助地等待
你阳光般的雨露。

厌倦或者谁知道是什么时候

在那首我从未动笔的诗中

露水堆砌的池塘，韶华已逝

隐形花瓣

徒然地放下梯子

在我的身体里

越来越深

直至某个未知的城市

抵达悲伤的春的雕像

绿色的鼓手衣衫褴褛

等待在豪迈的雨中

某处

过时的眼泪

已变得疲惫并化为愤怒

我是拿着弹弓的男孩，我是一只鸟

另一首诗，另一种韵律

我无法击痛你，用铁锤

用语言的温热子宫。

我不要驯服你

你狂野任性

用拨动琴弦的数学公式和

空中电流的律动

倾泻躯体的真实。

我不会让你成为

陌生的那一个。用余生

去惶恐灵魂的隐喻！

在疯狂的土壤中腐蚀

伤痛和回忆。

宣布放弃吧，哦，是异想天开，

你攀登的山峦

和道路上蜿蜒的白色曲线

向上直至消失不见，筋疲力尽

从无意识的自我感知中惊醒

进入永恒的寂静之地

另一种韵律，另一种优美弧线
不同的攀升已被掌控。
我跨过又一个灵感的深渊
从时间的一边到另一边
那里，生而为人就是不要来到这个世界
那里，来到这个世界并不意味着至死方休

如果思想是阳光，爱则是种子
如果陆地深爱，则生活如歌。
我是一颗倾诉的种子。
当陆地化为火焰
火焰变为空气
我只需不再是水。
我不要移动这幅躯壳
从一个风雨飘摇的门厅去到另外一个。
家乡仿佛履职的诗句。

枯萎的酸叶草在尽头闭上眼睛：
美好，那样足矣！
另一个转角，另一种雾气弥漫的巅峰

希望所有铁匠铺的轰鸣在此刻静止
在屏息的航程变得纯粹之前
进入苍白繁重的欲望空间
和歌声里。

达流士·托马斯·勒布奥达

1958 年出生于波兰北部城市彼得哥熙，波兰文学教授。曾做过救生员、农场工人、推销员等，他还曾是拳击手和武术教练。1994 年获得波兰格但斯克大学波兰文学博士学位。他的诗作曾获得多个文学奖项，常见于波兰最畅销的刊物。

中央公园的石头

我从中央公园带回一捧石头
它们在美国已百万年
只为了等待
我的手

我把它们从地上拾起，放进
我的口袋
跟着我飞越
大西洋
放置于我的书架
它们将一直驻留在那

我摸着它们
想起
我的一生

多少次被人用棍子敲打
被打倒、被欺骗
浑身发抖甚至发疯

我想起儿时的伙伴

还有同一条巷子里的敌人
想起我的爱情和孩子的出世
还有那些挨饿而平静的时刻

中央公园的石头
那么温暖又
那么冷酷

就像人们——那么鲜活
而后又那么枯萎

兵马俑

始皇帝的兵马俑

千年复千年
陵墓的护卫

射手穿着泥质的盔甲
骑兵盯着苦深的黑暗

一样的兵马俑沉默着
就像金色的沙子

就这样站立着守护
安静
就这样在一旁沉默
永远

在火中燃烧
在风中冷却

他们面前
改朝换代

人就像历史一瞬

人就像蝴蝶一梦

始皇帝的兵马俑

冲开人群
存在着

弗拉吉米尔·科什瓦内克

　　1951 年生于捷克，诗人、文学家、批评家和高等教育家。毕业于布拉格查理大学教育学院捷克语和历史专业，1977 年起供职于捷克斯洛伐克科学院《世界文学》研究所，后任捷克科学院文学研究所 20 世纪文学研究室主任。1989 年 11 月起在高校从事兼职教学工作，研究方向为 19 世纪捷克文学，曾发表捷克著名诗人马哈和聂鲁达的专题研究论文。出版七部诗集。

风 景

我们游荡在这个世界，风景掠过我们
它经过感官的表面
它真实鲜活又像从梦中惊醒
它跳动在我们饥饿的血液中
情人的不忠和离去
紧随我们坚硬的鞋跟
侵入我们的视网膜
并在我们的心中生根

我们还在，风景却已远去

没有了眼睛，风景是盲目的
只有聋了的鸟儿在为失声的树林歌唱
气流透过打开的窗子
让被遗弃的房屋轰然倒塌

寒意骤起
这是回到风景身边的路
我们的后背斜倚在记忆的边缘
风景的眼睛在我们身后合上

我们还在，风景却已远去
我们做报告时
它们在保持沉默
我们离开时
它们在我们的歌声中关上了门

鸽 群

回家的灯塔在拂晓时分消失不见
记忆中的野鸽在海边的悬崖上栖息

用舌尖楔入彼此
我们安抚着身体的渴望

女孩的皮肤是咸的
亲吻是咸的
爱抚亦是咸的

我严守着我那不安分的梦

野鸽却不在空空的掌心筑槽

卡雷斯·沃丁斯

1979 年生，拉脱维亚青年诗人中的杰出代表。毕业于拉脱维亚文化研究院，专业为文化理论。自 2004 年起，在拉脱维亚大学文学史领域进行博士论文研作。自 1997 年起开始发表诗歌，曾出版两本诗集：《破冰者》《农家鲜奶酪加奶油》。除了诗人身份外，他还是拉脱维亚评论家兼翻译家，曾翻译过美国近代著名诗人艾略特（S.Eliot）和威廉·卡洛斯·威廉姆斯（William Carlos Williams）等人的著作。

画一样

将我从沉重、金色边框的巨幅画像中取下。
看——我站在及膝的混合肥料堆里，
穿着外套，手中拿着花。
嘴巴紧紧地闭着，
笑容从下巴上跑开。
我看上去鬼鬼祟祟——
你和其他人在舞会玩得很晚。

很高兴见到你，我是一只南瓜。
今夜你的手
将带我到马车上，
驶向空旷、肮脏的乡下——
打开车门，
看着雨水如何用寥寥几笔勾勒出你的面庞。

愿 望

体温持续升高，
所以你只能躺在陈旧的床上
茫然无助
就像一只狗。
嘴里含着体温计昏沉地睡去。

没有邪恶，卑鄙的朋友，怪异的远亲和重要的工作——
我将是你的母亲、父亲、兄长、妻子和丈夫。
让水痘，肺炎，精神病，恐惧症，腮腺炎或麻疹
都来找我交谈，胳肢我。
告诉我你的愿望。

布兰科·塞科斯基

　　马其顿诗人、文学评论家、散文家、翻译家。1954 年出生于奥赫里德，曾任《马其顿日报》文化版记者，后担任斯科普里文化出版社和普里莱普文学期刊主编、马其顿斯科普里国家剧院主任以及马卡维出版社总编。1984 年加入马其顿笔会中心和马其顿作家协会。

三月的雪

一片初春的沉寂
堆放在屋顶
清晨的一个长哈欠
仍在床上

只有不可信赖的火花
如饥似渴地
越过天花板和屋檐
以贪婪的节奏
在狭窄的路上全速前行

天空向上攀升
火花回落
天堂里的水磨
运转依旧

去外面那冷酷的世界
打开你自己
行走在院子里

赤裸着身体

飘荡的祈祷

晚风拂过

烛芯挣脱了蜡烛

只在寂静中留下孤单的言语

去寻找同样安静的作家

哥特式的黑体字在黑暗的怀抱中成熟

睁开双眼

微弱的火苗后面即是魔鬼

我们将无法想念彼此

那未知的面孔

只有些许眼泪是为我们留下

为了所宠爱的人

为了那低沉而持续的声音

在这耳聋的山中

没有阳光的一面

亦没有阴暗的一面

将窗帘拉高

进入我的沉静中——我的光

特拉扬·彼得洛夫斯基

诗人、小说家、翻译家。1939 年生于奥赫里德，毕业于斯科普里大学法学系。曾任斯特鲁加国际诗歌节组委会主席、马其顿作家协会主席，已出版十五本诗集，其诗作先后被译成英文、俄文、阿拉伯文等多国语言。

巴比伦塔

沙漠的骨盆
一分而二
深长的裂缝拓为峡谷
一个新的先知将要诞生
无数异类的领导者
降临在远古的预言中

死海为死去的灵魂发出哀鸣
洗涤着轻信的罪孽

巴比伦塔在朝圣者的躯体上重生
宦官在周围涌现
虔诚的膜拜

1995 年 11 月 2 日于安卡拉

白 夜

那既不是想象也不是幻觉
而是真切的白夜
白得恍如我们年华逝去的姐妹们
箱子里折叠的亚麻布
白得恍如隐藏在太阳底下的躯体
就像纤细的腰肢和银白的项链
白夜带着百里香和蒲公英的香气
悬挂在两座白色山峰之间
在它周围的缝隙
镶嵌着黑色
那是属于我们过去的颜色

白夜不赞成死亡的存在
因为它毁灭了我们所有无意义的梦
自从圣克勉为天神培育第一棵树而生长出果实后
夜晚使湖水变得沉静
因为这十一个世纪以来
已经孕育出无数的繁星
在天空发出圣灯般的微光

傍晚的树林

绿色的血液支撑着鸟儿的心脏
无声的谈话使树枝轻轻摇曳
空气中弥漫着青苹果的味道

飞蛾用翅膀
为蓝色药草合上花瓣
树丛中的绿色之门
被牧羊人的钥匙锁上
从那以后
天空中仿佛闪烁着绿的光芒

太阳用火石升起火焰
那就是夜空中的银色圣灯

我是一个不速之客
惊扰了鸟儿们庄重的晚餐

布谷鸟

羡慕布谷鸟
用哀怨音节唱出的
大自然里最著名的挽歌
生活是无价并合理的
直到有人发出"咕咕"声

1995 年于安卡拉

残忍本性

想打败内心的残忍本性
如同要除去人性中的残酷基因

那是与生俱来的
它在我们的血液中萌动歌唱

那是在宣称
有它们存在
人性永远不会完美

成为一粒石子

当你变成山上的一粒石子

在那里等待太阳升起去

唤醒你的躯体

沸腾你的血液

花岗石一样坚硬的躯体

仿佛被不可承受的时间翅膀轻轻触碰

仿佛被疯狂邪恶的想法引入歧途

这样也好

变成石子的你

可以更好地领悟那其中的玄机

1995 年 7 月 4 日于安卡拉

单调生活

不是所有的篷车都曾远行

可道路始终跌宕起伏

也曾有过不会沉没的船只

但海浪仍然使人惊骇

夜晚的祷告不会凌驾于宣礼塔之上

而钟声依旧清澈悠扬

被亵渎的真实仍旧存在

疯狂的赞美一直重复

那些已经死去的

仿佛已经在愤怒中再生

这是怎样的一个骗局啊！

更多的时刻

世界的命运

只悬挂在那些看似牢固

而却轻飘的干芦苇上

1991 年 11 月 5 日于安卡拉

孤　独

我进到沙漠深处

沙尘轻蔑地呼啸着

透过仁慈的陌生眼神

我明白了

未来将是怎样的可悲

1996 年 1 月 16 日于利雅得

海市蜃楼

为什么挑衅我的认真
为什么加重我的猜疑
为什么让我以为是魔术师
是谁呼出了热空气?

我所预言的
都成为不可否认的现实
我所保护的
都映射在血腥的梦里

为什么它打破了我的宁静

我重返沙漠
只为在被我们遗弃的小屋里
那昙花一现的回忆

旅　程

森林里的上帝捉弄我的命运

我是第一位来自人间的客人
发现了这美的发源地

按照上帝的意志
森林之女将我引至
鸟儿与花儿的宫殿
光明与泉水的宫殿
仙女们的宫殿

哦　亲爱的上帝
哦　圣洁的仙女
你怎能轻易忍受我那罪恶的灵魂
混迹在这天堂般的奢华之中

这是多么舒适的一个旅程！

我走过太阳的洞穴
发现太阳的火石

那就是我的墓碑
竖立于我那阳光照耀下的墓前

秘 密

在我生命的所有秘密中
只有一个我不会告诉任何人
我将会像投掷铁饼一样将它扔到湖的深处
让它在那深远的地方融化、繁衍
幻化成睡莲

在我死去后
一些新的画家会来到这里
用画笔描绘我
这将给我平静的生命注入更持久的活力

他 者

赴宴时
他们快慰于
我们也生存于这个蒙尘邪恶的年代
他们欣然接受普罗米修斯的宴请

但我们仍旧未开化

因为
我们的谦卑与他们的贪婪
使我们失去了快乐的支撑

1996 年 1 月于安卡拉

沙漠·女人

沙漠的灵魂消散在女人的灵魂中
它在毁灭中散开
只留下渴望的痕迹

它像海市蜃楼般的瀑布一样流动
能生养的女人
无用的沙漠

竞争在黑暗中发生
罪恶早就存在于良知之中

沙漠的月亮
试图在贫瘠与富足之间找到平衡点

空中没有雷鸣，没有
雷鸣是祈祷的语句
是上帝的意愿

盲目中
我感觉到先知的存在

1995 年 11 月 19 日于利雅得

沙漠挽歌

孤独的在这无边无际的沙漠中无法入睡
在夜晚，被重重祈祷包围
你的血液像沙漠之狼一样流淌
直面生命的尽头
让那轮黑月贪婪地啃啮你的肋骨
长满胡须的神秘人
将你视为异教徒
贝都因人
对你施以火刑
用你的躯体去喂他们饥饿的骆驼
这好过叛徒的出卖
这比基督的沉默更让人警觉

1996 年 1 月 15 日于利雅得

他们清楚地写道

他们清楚地写道
我在光天化日之下大肆宴请
以人民的名义庆祝

他们刻薄地认为
只有在尽情狂欢后
我才会有精力
去为他们考虑

他们赋予我如此高的荣誉
但他们不会明白
为什么我从不曾发自内心地欢笑

事实上他们卑劣到
未做任何努力
便屈服于那讨厌的权势
我沉默
只为这永远的伤痛

我 们

我们不是荆棘丛生的灌木丛
我们不是被嫁接的苦果树
我们的床铺不是滋养疾病的温床
我们的骨骼不是翼板受损的风车
我们的脚步停在无法辨别方向的十字路口
始终追随人血液的气息

但如果这个世界崇尚暴力
我们也许是野蛮中的最野蛮者

1995 年 12 月于安卡拉

鲜血组成的字母表

我的名字镌刻在
圣经传奇的悲凉中

越过绵绵山脉
我望见玛克比之风飘浮着

他们为我穿上自然的长袍
依然裸露着的我
轻抚着
用我鲜血组成的字母表

驯鹿出现在地平线上
贪婪地吃着青草
当我奉献身躯的时候
便播种下新字母的嫩叶

1996 年 1 月 16 日于利雅得

宣礼塔

它以尊贵骄傲的姿态出现
穿过宇宙虚幻的透明
轻触这世界
滋养着我们对死后俭朴生活的幻想

它带着纪念碑的严肃
即使在不堪重负的灵魂下
依然滋养出圣洁的枝叶

它超越了方尖碑和金字塔
将诗歌播种在这神奇的星球

我清醒地站在那，但徒劳无功
惊恐地被这清醒牢牢抓住

1991 年 9 月 25 日至 29 日于安卡拉

遗 产

疯狂的世界
你从死去的文明中得到了什么
当同样的罪恶不停重复
你从中得到了怎样的幻想
现在你通往圆满的路已被众多入侵者限制

罪　恶

贪婪从不停止引诱
夏蝉永不知道疲倦
脆弱是一个人从未感觉到灵魂深处的坚强
最深重的罪恶来自那些从未犯罪的人

1995 年于安卡拉

德拉根·德拉格伊洛维奇

1941 年出生于塞尔维亚。毕业于贝尔格莱德大学，获得经济学硕士学位。从事多年文化和宗教研究工作，曾任塞尔维亚驻澳大利亚大使、塞尔维亚安德利奇基金会负责人。其诗作先后被译为中文、英语、德语、意大利语、罗马尼亚语、马其顿语和阿尔巴尼亚语等。

奥秘门

孤独的心灵力求完美。
在希望循环的末端
思想试图融会灵魂
以揭示莫名之秘。

但通往奥秘的入口
已被坚定的守卫
和猎兔的陷阱
重重把守，
沉寂过后的率真探寻者
用心聆听远方传来的脉动，

那包含着原始混沌的悸动
世界完美的无极
还有那无所不能的
激励所有生命的爱语
依然在坟墓上空回荡

澳大利亚

这里，
海仿佛不是海，
波浪仿佛不是波浪。
这里，
不存在小石子。
一切都是由造物主遗留下来
那未完成的巨大野生岩石构成，
还没有人类的手可以成功将它驯服。

白昼将会过去

白昼将会过去，
同样，黑夜也会离开。
明天
迫击炮还会像今天一样轰鸣。

我们已习惯于面对死亡和受伤，
但我们又能为这天大的悲痛做些什么？

保守秘密

让我们自由地迈向未来
但要保守秘密

不是美好的幻想
也不是残酷的言语
没有什么可以拭去就在唇边的名字

那未写完的书想要向这个世界昭示什么?
被遗忘的快乐是怎样的伟大?

然而希望总胜过没有回头路
深邃是一首未完成的诗用去的时间

无法撷取的鲜花

将记忆翻开
从月圆说到日升
它变作星辰
将在日间闪烁

石头却无法变作花蕾

这无法撷取的鲜花
守卫着家园
在睡梦和遗忘之间

对草的祈愿

你生长在我们的坟墓上
为白云和天空感到欣喜
为清风和鸟儿感到快乐
飞翔着，歌唱着
为这愉快且美化了的生活

在地球上
在美的家乡
我们的死亡将是永恒

穿越黑夜

沸腾的世界飞驰过黑夜。

黑暗借着声响缓慢而来；
静寂穿过天空的心悄然而至。

那可是你？
在黑暗的窗棂下缓缓升起
那里，时间控诉着亦宽恕着，

那里，希望藏起自己的早逝。

当你离开时

当你离开时
世界变了模样
在障蔽了视线的房间
风将记起
那从未来过的

当你离开时
影子也将随你而去
只留下空洞和寂静
透过它们
时间在未来会莫名地展开
没有终止
生命却已凋谢

等 待

雨
整夜都在反复敲打老房子屋顶的瓦片。

玻璃窗内
一簇灯光在等待，
黑夜中
仿似宇宙中仅存的一点微光。

在它身后，
是一双美丽却困倦的眼睛。

文字已凋零

进入到光亮中，
我们梦的东方，
文字已凋零。

梦醒时
呼唤我们的名字，

当白昼发现时
我们已不在那里。

独 处

雪
飘舞了整个下午

整个世界都被它围困住
只除了屋顶袅袅升起的炊烟

然而那扇门一直在为你敞开

暴风雪和黑夜闯了进去
灯光摇曳在窗台上

而你
却还没有出现在门阶之上

对清晨的祈求

当你从神的殿堂出发
请带上我们
驮在你洁白的手掌中。
给我们的痛楚
涂上神奇的草药
在你的镜中
我们的面容将重焕光彩。
这华丽将藏住岁月
和我们逝去的一切。

清晨啊,我祈求您!
向我们悄声讲述快乐的言语,
令我们那些被冷落的渴望
看到光明。

对夜晚的祈求

当夜幕降临，
远处的声音悄然飘来。
另一个世界越来越近
隐约的微光在那黑暗的边缘
亦更加明显，
醒目得仿佛就在我们心里闪烁。

当你离开天空中自己的一端，
我们祈求您，夜晚，
将我们留下，
留在这用沉默触碰所有
有声世界的地方。

父亲的皮包

黑色的皮革
精美的提手

里面的两个夹层里
隐藏着未知的秘密

小偷或许可以完整无缺地偷走皮包
但秘密却将停驻于我们的内心深处

寒冷季节

在这寒冷季节
北风凝固了呼吸，
我们翻动壁炉中余火未尽的木块
去看太阳是怎样焕发活力，
那束光亮是怎样在终年阴暗的地方闪烁。

我们在被风吹走灰烬的地方点燃一簇火，
在那里飓风也安静下来，
我们注视着背叛的双手
是怎样为被忘却的爱之路祈福，
那条路上汇集了死亡
眼泪将使光明的一天重新来到。

红山之鸟

莫名的鸟
在花叶中穿行
没有歌声
只有尖利的摩擦在沉静中回荡

那里
是黑影之源
是孕育时间的荒芜

天上，南极星守卫着它的梦想
告诉它如何融入空中那第一缕晨光
如何用翅膀描绘一幅风中野玫瑰的图画

环形火焰

从那
被昏睡的星星点燃的火焰中，
拾取余火未尽的木块
将它撒向四周，
直到火花开始飞舞。

同样的环形火焰
将出现在夜空。
那填满宇宙的悲伤
以光的形式出现。

人生的苦痛
与这永恒的画面
将于拂晓前
在太阳山背面的小路上
不期而遇。

幻城之墙

幻城之墙已深驻我们心中。

微风唤醒南方空中迷梦的天使。

我们的尖鸣庇护于此

明天却要消失在屈从于天海的云端。

上帝啊，

黎明之时，我们将何去何从？

回　家

一扇半边是玻璃的门
一把黄铜制成的门锁
和一个钥匙孔

玻璃门后的眼睛
和门锁上的手
都记得我

只有钥匙忘记我的存在

僵化思维

博大遮住我的双眼。

我只有僵化的思维
我在思考：下一个将是什么？

我疑惑
当我起身为你，
温柔何寄，

那里
命运注定将引我前去。

井

一颗星星陨落在井里
水星四溅。
它在水底孤独闪烁，
好像被人遗弃，
这时天堂的另一面
映射在水面上
那水
是我们在生命中欢欣鼓舞时畅饮的水

在您的泉水边，
上帝啊，
那干涸的双唇是否能恢复湿润？

安静的字

有一个字
它固执而安静地等候我们的心
仿佛人在期冀中听到的神的声音
仿如湍流中的一粒顽石

有一个字
让我们侃侃而谈
让我们拒绝空虚

它掌控着现实和梦幻
它的意义得失于时间之畔，死亡之门

那里，寂无人声。

渴望回归的人

我们和天堂之间空无一人，
无人在那天使曾降临的路上行走。
那生长在记忆花园的苹果
来自古老的天堂。

在我们和天堂之间居住着遗忘。
太阳指明通往流放地的路。

上帝啊，
请记得那些渴望回归
但却无法开启那扇门的人们。

蓝 山

越过地球的边界
一切都是不同的
树木生长在那里
枝叶栽种在天空中
干涸的河床流向太阳

越过黄色沙漠
暖风培育了干草
仿佛人类穿过灌木丛向前迈进

大自然中
一个看不见的世界自由移动
与南方的星星永久连结
我们呼吸着像空气一样的气体

越过地球的边界
我们无法看到自己的脸
世界将它最美的一面隐藏在那里

炼金器

星际间无尽空虚中掩藏着宇宙生命的轨迹，
这正是命运的探索者放置净化器的所在，
一个融汇了炼金秘密的小罐
揭示出虚无中创世的真谛。

在黄道十二宫的车轮上
他们期冀攀入未知的世界
去获知诞生之光，
希望之源，
那是抛开身世和年龄的空虚

黄金法则训诫：
认识一个人的弱点就是意识到他的强大

没人认识我们

让我们去那破旧的瞭望塔

伟大的河流无法支撑桥梁
可地平线却承载着永恒的希望

远方出现的将会是谁？
我们无法辨认至亲
只好徒劳地自卫

我们曾随最好的老师学过智慧
那没有窗户和屋顶
我们的心是怎样地狂跳！

我们问候每个人
却没人认识我们
即便是我们的声音和我们的爱

让天空之手握紧吧
我们还没为新的黎明想好名字

无形的时光树

它睡意蒙眬地表示，
园丁街在我梦中。

它的手臂和面容隐藏着回忆。
悄然地，
在无形的时光之树上
找到了一个镌刻的名字。

没有什么是相同的，
没有什么会回来，
它轻声对自己说。
充满忧虑
它又假装沉沉睡去。

梦的日历

对自己重复风的回忆
把它写进梦的日历，
那里，清晨可以长驻经年，
那里，爱唤起过往的点点滴滴
那里，美梦永远不会醒来。

秘　密

他的灵魂飞过远方那布满云朵的天空
那里间或会被闪电和炮声般低沉的回声弄出褶皱。

炮火声现在对他来说已不意味着什么了，
也不会伤害他完美的心灵
因为那里已被肉体所不能了解的秘密紧紧抓住。

雨倾泻在他的坟冢，
也无法理解。

冥 笛

充满泥砂的贝壳爆裂开
组成地狱的项链
在黑夜的脖颈上环绕。
瞬间的沉寂仿似母亲高贵的温柔
置于远处安静燃烧的火中
观察它的反应。
在那我们叫作天堂的空间
有人吹响冥笛。

泥泞的街道

恼人的橡树叶骤然飘落
太阳早已隐身红山之背

信路而行
夜幕降临
晚风正奔向荒芜沙漠的发源地

我驻足凝望：
独孑然于天地万物
在这虚幻的美景之中
蟋蟀的歌声凄清而尖利
星月无光的夜晚如此可怖
只嗅到放逐和遗忘

确认的消息

这片土地
我们曾经的欢乐家园
已被战争和混乱宣布占领

而死亡
沉睡的主宰者，
在地下建起城堡
因为
上面已经空无一物。

自我认知

晚来的雨倾泻而落，
打破那无法渗透的黄昏
一道梦幻般的彩虹横亘头顶，
横亘于我寻你的路上。
上帝啊，
钟声回荡在那一夜间变得昏黄的土地。
秋天，
躲藏在隐形的星群中。

谁认知了自我就是发现了上帝……
我整夜喃喃自语
像一朵失明的玫瑰，
正在那将带它远去的涟漪中含苞待放。

谁来回答

紫色的叹息
拉紧
天上的绳索。

一个苍老的声音
呼唤着草的嫩叶和初升的月亮。

声音落入陷阱，
聆听着自己。
岁月找来的影子安静地进入房间。

那不停穿越空虚岁月的
是上帝的身影吗？

死亡的国度

他用帽子遮住一只眼
提防着子弹
假寐一样。
高原宽阔
如同鲜血的痕迹
延伸到日光抵达不了的远方；
那一刻，他打开永恒之门
那一刻，他认识了死亡的国度。

听见亲吻的声音

听见亲吻的声音
在园丁街的台阶上
无形的爱聚集到一起
变成有形的世界万物

最美丽的花园涌进这里
来建造它们的家

傍晚时分
公鸡鸣叫
宣称季节的变换
在心的另一端

无用的诗

他不在这里。
没有等待任何人。
白昼和黎明的眼里都没有他的身影。

最后的消息
从诞生即被遗忘。
时间停止
留在那人类的言语和希望
都不再有任何意义的地方。

红色玫瑰
在死者的花园绽放。
终止的生命
无须徒劳地朗诵这些诗歌

亡灵战士

亡灵战士
静寞前行

遇到太阳标记
他们迸出歌声
去赞美光明
那一刻，他们恍如常人

只有那一瞬，
顷刻，
永恒消失，
静寂依旧。

伤 逝

我的伤逝广泛而警醒地存在着
那无法掌握的秘密
囚禁于朦胧清晨里的露珠中。
我愕然伫立在那扇从未开启的门旁

上帝，当您让我堕入此途，
难道这就是您赐予我的一切？

无情的日出

无情的日出
揭露了黑夜的行径。
阳光徒劳地将温暖播散到尸体上
死亡是冷漠的,
就像永恒。
狗的吠声
穿过荒凉的森林
湮灭在风中,
消逝在枝叶里。
心灵,正一个一个记数着那念珠
那弃我们而去的星星做成的念珠。

希望与死亡的印象

当天堂与时间分离
天神们穿过人类灵魂构筑的疆界
离开大地。

他们的痕迹依然在风的记忆里游荡
在天琴座
那我们度过童年的地方
他们眺望着爱的甜美果实
在异教徒颂扬生命的歌声中逐渐成熟。

那里，语言已经废黜
那里，天堂的门前
死亡和希望的图景交错纷杂，
我们看到永恒正向远方依路而行
好运将垂青于我们。

心烦意乱

芬芳的秋分时节，
你在蜗居之中握着听筒。

斜倚小桌
面对白墙
用另一只手把字典匆匆翻阅

像在寻觅某人，
又仿佛彻夜沉溺于回忆某人的一举一动。

白色的墙壁诱惑着你。
无尽的落叶凋零，
一片接一片，
心烦意乱。

星空下的音乐会

星空下的音乐会
在成熟的麦田上
萤火虫送来微光，
与我们脚下的落叶一起，
用双手引导饥饿的爱。

激情的夜晚
点燃了森林和城市，
火光冲向天空，
那里
星星向我们欢呼，
那里
绝望与永恒相拥。

星星的房子

整晚
星星在尘埃中蜷缩着
他将房子让给了这些孤儿

风吹过
肮脏的雨点落在他身上
撞击着他的胳膊和身体
房子已挤满
不知从何处他听到有人呼唤自己的名字
他看不清是谁
声音像是他儿子

他还没有为儿子建造一所房子

醒 来

黎明的花园
花茎在黑夜的阴影上挺直了身躯
伴随着梦中那未知的歌声。

清晨用手指掩住我们的唇，
空中传来的
是母亲们口中我们曾有的呢喃。

伴随那绚烂远山的神秘之光
新的一天即将到来，
它知道如何去荡涤这世界，
如何记住我们的笑颜。

遥 远

这里
遥远的在地球另一端
在奇怪且陌生的星空下
我想我要忘记你

忘记你
也忘记我自己
在绝望的臂弯里随风飘散
穿过沙漠
南太平洋爱抚着暗淡天色下的
珍珠和光明

夜 曲

一条普通的小路
夜是黑的

我独自走着
却没有迷失

你的眼睛——
是天堂里那使人迷醉的光

远处
闪烁着亮光

夜晚漫步

穿过晚霞，暮色降临，
越过绿色天空中泛着红光的云朵。

两个身影在山坡上，
向着星星攀爬。

他们的沉默长过自己的影子，
甚至比伴随着狂风的暴风雪还要漫长
远方人类心灵的味道
揭示了它不朽的象征

宇宙的心

宇宙的心跳入诗中。
我们的语言穿越灵魂的神秘地带
碰触到另一个世界的真实。

我们源于一个遥远的瞬间
被无法再现的陷阱所俘虏。
我们却不是这悲剧的主人
虽然他时刻萦绕于我们身边。
我们的语言是神圣的精神，
他的声音与塔罗牌第十三个秘密辩论
与死亡的气息抗争。

经验教会我们：
沉默是金，
但声音的魔力
却揭示出所隐藏的奥秘，
在那里我们的缺憾崇尚无限，
在那里语言是我们的守护神。

语言源于梦幻

语言源于梦幻

在园丁街的屋檐下

他们出现，

然后不辞而别，

分散四方。

世界是如此偏僻和荒凉。

语言却记得他们将要回来的路，

回到园丁街，

回到我们的希望里，

回到我们的沉默中，

不仅如此，

每天，

新诗都会诞生。

寂静无声

寂静无声中
你找到共鸣的歌，

和无形的访客
分享那受庇佑的漂泊
和一个褐色的圣诞圆面包

你会发现祭祀的贡肉
父亲的苦痛，
祝酒和诅咒

还有被时间之母送下来的东风
让空虚关上了所有的门窗
而那空虚早已幻化成纯洁之光。

在地下避难所

我们从前线撤回休息。
原木之间
一颗星落入避难所。
我没有休息
同它一起游戏。
它柔和而又苍白，就像记忆。
当我闭上双眼，
我那些故去的伙伴们
开始同它玩耍
梦想和现实的距离
消失在浓重的夜色中，
而那陨落的星，
已无法归去

祈祷者

我赞颂追求完美
我跪拜在祈祷者之中。
我的上帝啊
请赐予我们没有痛苦的一天，
和没有悔恨的希望。

如同往年
这一年已临近尾声。
而幻想却没有逝去。

在它的陷阱里
我的心在得失间跳动，
从而学会宽容。

我的上帝啊，
当黑夜过去
让你的钟琴彻底离开那孤寂的图景。

穹顶下

六月的正午
木桩都已被太阳晒伤
时钟里一个孤独的囚徒正摸索逃亡之门。

标志灯和福音书，
粉饰绚烂的穹顶
圣像和墙壁，
这潮湿的沉静是上帝孤独的家园

在那蔚蓝的虚无中
一颗心在搏动，
上帝的手抚慰着祈祷的人们，

但这里并没有恩赐。
他们在无限的时空里丰盈无比。

在云端

在云端
那一刻我注意到你。
在我们孤单的身影栖居的地方
看森林怎样的燃烧。

看那熊熊大火
因为无法逃脱的鸟儿欣喜若狂，

看那蔓延开的火焰，
是怎样照亮远方我们将要去走的路途。

就是那一刻
长夜降临
在记忆的国度。

怎样生活

多少天多少梦
都是虚度!

门开着,
可在数不尽的年头里
我们期盼的客人却从未造访。

我们被言语和眼睛所误导,
在宇宙母亲的城堡
一簇火焰在燃烧。

勿忘我在唇间和掌心绽放,
真实就是幸福胜过它自己。
谁召集了那些不得不聚集的?

我简单的头脑啊!
一个男孩在对你说着什么,
我们忽然领悟了,
要怎样生活?

占星预言

在无尽的自然裂隙中，
占星士们认为：
理性对于这些神秘莫测的东西
是无能为力的。

生命在深渊上空漠然盘旋
颂扬人类的印记。
世界的边缘碰触我们的思维。
如同青草和寂静在风中摇曳，

而大地，
痛楚和美丽的故乡
深藏在我们的心中，
在一粒尘土中——

去证明：
微小可以掌握无限的法则
也可以掌握有限的法则。

召唤夏天

河水潮起潮落
秋天加快了脚步
它的头发在柳树间飘拂
它的呼唤穿过田地间
到达了那曾是沙漠的地方
在那里
你会舍弃肉体奔向梦和太阳

中 午

中午
太阳攀到了顶端
我朝它的方向扔了一枚金币
仿佛那里是清澈的湖水
世界的饥渴
在天空中泛起涟漪

喝黑梅茶时
你能否体会到渴的感觉

若你将茶水提供给那些
自出生就在园丁街盘旋的鸟儿
你就会穿过一扇看不见的门
进入到另一种生活中

后记　以敬意完成文字的"搬运"

罗贝托·波拉尼奥曾在诗中写过："写诗是任何一个人 / 在这个被上帝遗弃的世界上 / 能做到的 / 最美好的事情。"我想，翻译诗歌，大体也是如此的心境。虽然，翻译，仅仅是将一种文字转换为另一种文字，将一种语言所含有的天地灵气在另一种语境下予以诗意的呈现，但我仍然可以从中体会到那份美好。

这本译诗集，是我近些年诗歌译作的一个结集，所译介的中东欧诗人大多是出于工作原因结识的，并不广为人知，其中有几位甚至与我也是素未谋面，但这并不妨碍我解读他们从文字中传递出的生活情态和精神基因。开瑞·哈蒂的诗歌时而清新明亮时而忧郁深沉，维西纳·帕伦语言铿锵、蓬勃纯粹，德拉根·德拉格伊洛维奇的文字幽邃多变、洗练有力……上帝太偏爱欧洲了，既给了它珍珠般的城池，又在这片土地上唤醒如此多的灵魂歌者。

我很好奇，不知道谁会读到前面这一行行流溢着不同体认的书写，也很惶恐，不知道这些经由我手仍显稚嫩的语句是否值得品读。翻译这个工种，向来是吃力不讨好的，与重构的文字对抗，与隐匿的自我较劲。如果这些文字碰巧让你有片刻的停驻，就像是在平静的湖面投下一粒石子，漾起圈圈涟漪，那将是多么地令人欣喜啊。

对于本书的出版，我要感谢诗集中所译介的这些诗人们，感谢你们的诗句在众声喧哗中点燃我内心的火焰，让我怀着极大的敬意完成了文字的搬运。虽然这些"千奇百怪"的句子曾引发翻译过程中的一些令人沮丧的"坎坷",让我日思夜想殚精竭虑抓耳挠腮挖空心思,但我仍由衷地感谢由此而带来的灵光乍现的美妙。

吴欣蔚

2019 年 1 月

图书在版编目（CIP）数据

环形火焰：欧洲诗人诗选 /（塞）德拉根·德拉格伊洛维奇
等著，吴欣蔚译. -- 北京：作家出版社，2019.3
ISBN 978-7-5212-0392-9

Ⅰ. ①环… Ⅱ. ①德… ②吴… Ⅲ. ①诗集 - 欧洲 - 现代
Ⅳ. ①I502.5

中国版本图书馆 CIP 数据核字（2019）第 033789 号

环形火焰：欧洲诗人诗选

作　　者：[塞] 德拉根·德拉格伊洛维奇等
译　　者：吴欣蔚
责任编辑：李宏伟　秦　悦
装帧设计：申晓声
出版发行：作家出版社有限公司
社　　址：北京农展馆南里10号　　　邮　　编：100125
电话传真：86-10-65067186（发行中心及邮购部）
　　　　　86-10-65004079（总编室）
E-mail:zuojia@zuojia.net.cn
http://www.zuojiachubanshe.com
印　　刷：三河市紫恒印装有限公司
成品尺寸：152×230
字　　数：57千
印　　张：8.75
版　　次：2019年3月第1版
印　　次：2019年3月第1次印刷
ISBN 978-7-5212-0392-9
定　　价：38.00元